# 사이도 좋게 딱

황형철

## 시인의 말

체질이 굼뜬데 시간은 너무 빠르다. 저만치 앞서간 것들이 부럽지는 않으나 지나온 길에 아쉬움이 자욱하다. 시에 갇힌 인연의 숨들이 가쁘니 미안하다. 매 순간 진정이었고 간절했다고는 하나 불찰이 없지 않을 것이다. 곰곰 돌아볼 일이다.

가만 보면 남은 여정이 많지 않다. 세상은 더 급하게 흘러갈 것인데 내 짧은 보폭으로 바람을 동경할 수 있을까. 다시 길을 나서려는데 햇살, 눈부시다.

2020년 1월

황형철

# 사이도 좋게 딱

## 차례

## 2부

## 3부

## 4부

## 해설

1부

# 강

강이
각이나
감이었다면
날이 서고 모난 받침으로
바다에 이르는
노정이 가당키나 했을까
어떠한 배척도 없이
둥글게 흐르고 흘러
이처럼 활발한 습성으로
장구한 서사를 쓸 수 있었을까

# 결벽

어떤 집념이
수직의 절망을 오르게 하나

소리도 없이
활발한 폐활량으로
결연하게 그늘을 넘으며

세상 가장 낮은
공손으로
제 길을 낸다

긁힘도 깨짐도 낙서도
벽의 요란은
침묵으로 덮으며

벽을 사이에 두어
생겨난
요원한 경계마저 허물고

아무 결탁 없이도
잠잠히 공空을 채우며
오르고 또 올라

마침내 담쟁이는
벽의 전부를 지운다

# 꽃에 이름을 걸고

깡깡 언 골목에 흔적은 없는데
밤새 살구나무에 동지 팥죽 새알마냥 눈꽃 맺혔다
때 아닌 꽃구경 마다할 리 없는 것
간밤의 세례가 곱다랗게 변했다

참새 발걸음처럼 시선을 옮겨보았다가 깡충깡충
신을 내기도 하였다가 말갛게 눈과 귀 씻어도 보았다
가 그늘 짙은 처마에도 걸어두니 사위가 환하다 모처
럼 늦잠에 빠진 아내 몰래 상냥히 떠오르는 옛사랑의
이름도 새겨본다 그러다 인기척 들리면 꽃잎이 시작
된 아득한 거리까지 마실 나갈 생각에 홀로 흔쾌하다

심심할 법한 이른 아침 바람이 설레발치는 누옥이
나마 살구나무 곁에 있어 호사를 누린다 꽃물 흘러
뿌리 적시고 마침내 열매가 영글 때까지 시작노트나
펼쳤다 덮었다 하면서 내 뜰의 여윈 나무에 자분자분
앉은 인연을 멀거니 바라보는 전업을 가졌으면 한다

# 다섯 그루

염치쯤이야 모른 척하고
꼭 좀 탐이 나는 게 있어
가만 앉아서도 상춘할 수 있는 산수유 하나
묵을 갈아 시를 곁들일 수 있는 홍매화 하나
게으른 나 대신해 먼 데까지 향기 나눌 수 있는
자목련 하나
긴긴 무더위쯤 함께 이겨낼 탐스러운 배롱나무
하나
까치밥도 넉넉히 남길 수 있는 감나무 하나
이렇게 딱 다섯 그루만 가찹게 좀 두면
날마다 가슴은 두근반 세근반 할 것인데
멍하니 해바라기하며
심심소일 살랑살랑 바람도 훔치고 싶어

# 등 뒤에서

네가 등을 보이고 돌아누우면
넘을 수 있을 듯 없을 듯
벽이 된다

벽을 두고
너는
추운 겨울을 피해
온대의 나라로 떠나거나
돌아와서는
잔설이 남은 마당에
수를 놓느라 바쁘기도 하다

까치발을 하면
보일 듯 말 듯
너는
파초에 넉넉히 앉은 볕이었다가
수런거리는 별이었다가

언제나 봄을 바라는 나는
장미넝쿨처럼
천천히 벽을 타며

네 앞에 펼쳐진
여러 갈래의 굽은 길들과
남은 발자국 헤아린다

# 섬의 말
—섬1


도감에서도 찾기 힘든
뭇 것들의 이름을
한 번씩 불러보는 건
지레 포기하고 말았다

변덕 심한 하늘과
얄망궂은 파도의 심사 또한
변변히 헤아리지 못하고

속수무책 내려앉은
별들의 주절거림을
더듬더듬 노트에 옮기느라
밤이 깊었다

삼촌들과 말문을 트고 싶었으나
좀처럼 입은 열리지 않고
가만 듣고 있어도
금세 귀가 막히고 숨이 찼다

이게 다 말을 모르는 탓이니
문맹이 따로 없어
당신은 쓸데없는 일이라고 혀를 찼지만
가갸거겨부터
과외라도 받아볼 참이다

섬의 말은
돌이고 바람이고 바다여서
호흡을 견디고 어둠을 가르는 물질이고
사월에 핀 동백이고

지극히 참말이어서

# 고목 아래

   온몸 칭칭 감는 햇살 그늘로 엮는 재간을 가져야 한다 천둥과 번개의 격한 심사 헤아리고 바람의 장단이나 고저에 주의 기울여야 한다 수많은 벌레의 기거를 들어주고 간밤에 내려앉은 별들의 사정을 새기는 것은 물론 쌀알처럼 나리는 눈마저 맨살로 안아야 한다 시시로 찾아오는 나비나 쇠박새의 전언도 잊지 않아야 한다 무엇보다 아무런 호명 없는 저녁의 든든한 하중이 되어야 하는 것이다 시상詩想 몇 줄 얻어 볼 참으로 열매가 맺기까지 전말을 추적하다가 모름지기 나무에 대해 생각해보는

# 겨를

첫 시집 바람의 겨를에
시가 육십일 편
낱말이 오천백여 개다

발길 닿은 곳마다 청산유수
말로 지은 누각에서부터
너절한 세상을 향한
회피나 분함 따위
아물지 않은 흉터나
한 세월을 건너온 흔적까지도
내 안의 깊은 운韻과 율律을 입고
세상 떠돌았으리

누군가의
바람이 되었나
구름이 되었나
공염불 같은 시는 오간 데 없고

깎이고 부서지고
용케 뼈대만 남아 돌아온
나의 첫 시집 속에

무슨 염력이라도 가졌는지
홀로 남은 어머니
주름 깊은 얼굴로
다 큰 아들을 부르신다

생각보다 먼저 울컥하고 짠해지는
나의 모국어

# 밥 한번 먹자

거짓말은 아니지만
언제 밥 한번 먹자, 밥 한번 먹자
잘 지키지도 않는 공수표를 던지는 건
밥알처럼 찰지게 붙어살고 싶기 때문이지
단출한 밥상 사이에 두고
마주 앉은 것만으로
어느 틈에 허기가 사라지는 마법을
무엇이라 설명해야 할까
제아무리 공복이라도
뜸 들일 줄 알아야 밥맛이 좋듯
세상일은 기다려야 할 때가 있어
공연히 너를 기다리는 거야말로
너에게 가는 도중이라는 걸 알지
가지런히 숟가락 놓아주듯
허전한 마음 한구석도
네 옆에 슬쩍 내려두고서는
그랬구나 괜찮아 괜찮아
위로받고 싶기도 하거니와

모락모락 갓 지은 밥처럼
뜨거운 사람이고 싶기 때문이지

# 밭담 지도
—섬2


불혹 지나서도 춘삼월 꽃 피듯 자꾸만 욕심 커진다
그 가운데 하나는 가능한 빨리 인생 2막을 시작하는 것인데
바로 밭담 지도를 그려내고자 함이다


구석구석 발품 팔아야 하는 노동이요
한두 해에 될 리도 만무하여
섬에 머물 만한 마땅한 핑계가 생겼다


누가 뺏을까 쉬쉬했지만 좀 더 속내를 터놓자면
할망 하르방들의 고단한 박동과 손수 돌 골라내고 쌓아올린 풍파까지 세밀하게 들여다보려는 것, 트멍 채우는 맨도롱한 햇살을 그늘진 지실밭에 고루 뿌려주는 것, 단단하게 음각된 구름의 그림자 오롯이 베끼는 것, 흑룡만리黑龍萬里 불끈 힘들인 핏줄과도 같은 것이어서 보잘것없는 검스룽헌 돌들이 섬을 받치고 있다는 궁극의 사실을 기록하고 싶은 것이다

머지않아 고유한 업종을 갖게 될 것이니

공치는 날이 연속이면 어떠리

낮에는 나름 직무에 충실하고 밤에는 별자리 뒤
적거리며

천천히 깊어 가고자 하는 것이다

# 다산茶山을 빌려

 평소 어떤 자리 같은 거 꿰찰 생각 눈곱만큼도 없
었으나 근래에는 욕심이 좀 생겼다 기왕이면 지체
높은 회장이 돼 모임을 꾸리고자 한다

 다산을 빌려 말하자면, 입춘축立春祝도 나눌 겸
불러 모으고 찻잎 덖을 때가 되면 모른 체 지나갈 수
없는 노릇이니 모이고 못가에 배롱나무 꽃잎이 살얼
음을 깔면 피서 삼아 또 모이고 하루해가 짧아지기
전에 밥 한번 먹게 모이고 흰 눈이 쌓이면 그 위에 시
화를 그려볼 요량으로 다시 모였으면 한다

 이렇게 모일 때마다 차와 시를 준비해 내놓고자
한다 혹 이 사이라도 뿌듯한 작품을 썼다거나 대사
나 관문을 앞둔 가족이 있으면 새로이 모여서 술과
고기도 맛보며 오래 잊지 말기를 약속하고 싶은 것
이다

 강호에 숨은 내가 불러 모을 때마다 대개는 바쁜

시간을 쪼개며 조촘조촘하겠지만 전횡이란 걸 해서
라도 한데 모아보고 싶은 것이다 폼나게 죽란시사첩
竹欄詩社帖 닮은 것도 남겨 보고자 갖게 된 바람이다

# 그늘

수령 사백 년 넘은 왕버들나무 아래 들고 보니 고작 사십수 년을 산 나와 만난 건 분명 우연 아닌 필연이다

나무는 천둥을 사백 번쯤 들었을 테고 돌풍도 오도카니 몸으로 맞는 것은 예삿일이니 강단은 비할 데가 없을 테다 밤새 글썽이다 돌아간 별들의 사연은 먼 데 있는 누구에게 보내려고 이파리가 흔들린다 새들이 우짖고 떠난 후 남은 고요는 누구의 작품일까 무엇보다 디딜 것도 없이 허공을 견디는 가지의 숙련된 기술로 그늘은 만들어진다 그늘도 나무의 몸, 뿌리도 딱 그만큼 뻗어 있어 그늘이 드리워진 거기까지가 나무가 가진 재산이다

묵墨처럼 번지는 그늘에 젖어 엄엄한 나무의 시간을 곰곰 적어보려 한다

# 눈물의 씨앗

앉으려면 힘없이 쓰러지고 빙글빙글 원을 그렸다
그래 지구는 둥그니까 어떤 축이 있어 하루 한 번씩
회전하는 거라고 배웠으니까 돌고 도는 게 인생이라
고 늦게나마 깨달았으니까

어지럽다는 것은 눈물이 많다는 증거
태생적으로 둥글기만 하여 구를 수밖에 없는 성
질이어서 자꾸만 원심력이 몸 안을 도는 것이어서
일종의 소용돌이고 자전이고 순리다

도처에 우왕좌왕, 눈물이 범람할 징조다
누군가의 눈물을 닦아준다는 것은 어지럼증 덜어
몸을 일으키고 어둔 구름의 한쪽을 걷어 사막에서
잃은 별자리를 되돌려주는 것일 텐데

잘못 받아든 점괘처럼 안절부절못하고 정처 없이
길을 떠나는 것도 실은 눈물이 구르는 힘
눈물을 가지고 살아가는 자의 숙명

# 첫 꽃이 피다

꽃샘추위 밀어내고
그늘마저 노랗게 물들인
산수유가 피었으니

이내 매화가 북상하면
벗들이 시문을 풀어놓고
발문도 달 것인데

그걸 알아챈 백목련이
가지에 잔뜩 연蓮을 단 채
북쪽을 향할 것이다

아들의 운동회 계주처럼
꼬박꼬박 순서 지키며
피는 꽃이 신통방통하여
망울 터지듯
마음이 먼저 설레는데

저들끼리 통하는 말이 있나
암암리에 정한 약속이 있나
받아둔 번호표라도 있나

궁금하기는 한데
나무에게 물어볼 수도 없고
도감을 펼친들 나올 리 만무하다

아들 앞에 알은체도 좀 하고 싶은데
욕심만 앞서니 염치가 없어
나를 돌아보기도 하는

2부

# 어떤 지목地目

구례군 산동면에 가면
나무도 땅을 갖고 있다

별다른 욕심도 없어
그늘마저 노랗게 깃든
딱 그만큼이
엄연한 산수유나무 소유다

지목은 상춘賞春이어서
소문을 듣고 전국서 모인 사람들이
까르르 까르르 신을 내며
남는 것은 사진밖에 없다고
이구동성 핑계를 대고는
샛노란 그늘 속으로 들어간다

까맣게 탄 근심쯤은
양지바른 곳에 몽씬 던져놓고
허허로운 마음속에 꽃물을 채운다

명성이 자자할수록 찾는 사람도 늘어
산수유나무는
스스로 가지를 키우며
농담濃淡처럼 땅을 넓히고 있다

# 배추밭

하루가 다르게 배춧잎이 쑥쑥 자라는 것은 하늘
에 가 닿으려는 배추벌레가 열심히 배밀이하며 길 내
기 때문이지

널찍한 배추밭이 통째로 흔들리는 것은 잠자리
에 든 배추벌레가 떼 지어 하늘을 나는 꿈꾸기 때
문이지

나비 날개가 둥글디둥근 것은 이파리 갉아먹으며
숭숭 구멍 내던 어릴 적을 필시 기억하기 때문이지

# 꽃피는 며칠

일기예보에서 전국의 개화 소식을 보다가
나에게도 벚꽃 같은 일들 많이 좀 생겼으면 한다

서귀포에서 굳이 아흐레나 걸려 북상하는 것처럼
서둘 것 없이 하루에 십 리쯤만 찬찬히 걸으며
호젓한 길과 느슨한 시간의 주인이 되어보고자 하
는 것

빈 가지에 솜사탕처럼 만개하듯이
헛헛한 마음 큼직하게 부풀어서
나비와 새 활발히 날아들어
심심한 일 이제 없었으면 하고

당신의 연한 손톱 닮은 꽃이파리
영감靈感처럼 지난한 잠을 깨울 것이어서
봄을 보내는 내내 나는
시심으로 호흡하였으면 한다

며칠 지나지 않아 잎이 무성해지고야 말듯
어머니의 주름도 썰물처럼 빠져나가
남은 날들의 저녁 위에
가만히 별 몇 개 놓아주고 싶은 것

꽃피는 며칠을 묶어두고서
시무룩한 것들은 잊고
낭창한 벚나무의 자세를 익혔으면 한다

# 4월 동백

―섬3

청명을 앞뒀는데 이름도 무색하게 동백이 한창이다

큰넓궤에도 피고 너븐숭이에도 피고 빌레못굴에
도 피고 섯알오름에도 피고 송령이골에도 피었다

바람 불어도 흔들리지 않게 파도 덮쳐도 꺼지지
않게 애지중지 겹겹으로 불씨 에워싸 금방이라도 타
오르겠다는 듯 환하지만

삼촌이 건넨 식은 지슬 같아서 어멍이 잡아준 마
지막 손길 같아서 누군가 머뭇거리다 몰래 내건 조
등弔燈 같아서

어쩌나 차마 고개 들 수 없다 바라볼 수 없다 만개
한 숲으로 들 수가 없다

꽃이 지는 찰나에도 꽃을 붙들고 있는 그림자가
유난히 깊은 어둠 같기만 하여 붉게 뜨겁게 가슴이

타기만 하여 파리한 나무처럼 서서 한참을 울었다

# 시인

사람들은 황 시인 하고 부르는데
정작 나는 마뜩잖다

그 이유를 몇 가지 들자면 가령

들판의 꽃들 저마다 귀한 이름 있을 텐데
다정하게 한번 부르지 못하고
그 앞에 서면 멈칫멈칫 콩알만 해지고 말거나

쇠똥구리가 자기보다 큰 구슬을 빚는 놀라운 기
술과
별빛 지도 삼아 집을 찾아가는 능력에 대하여

땅거죽 밀고 올라오는 손톱만 한 새싹의 힘과
열매 맺기까지 지난한 시간을
내 것으로 체득할 재간이 없는 것이다

꽃이 북상하는 속도를 따르자 했건만

늘 조급하게 일을 그르치고서야 후회한다거나


큰 배가 가라앉고 바다에 떠오른 수많은 부고 앞
에서도
고통을 전가하는 그들을 향해
당차게 짱돌 하나 던지지 못하는 비겁함 같은 거


문단 말석이나마 이름을 올려둔 게 부끄러워
시인이라고 변변히 내세울 수 없는 것이다

# 다저녁 무렵

"당신 원통함을 내가 아오
힘내소, 쓰러지지 마시오

5·18 엄마가 4·16 엄마에게"*

기교나 수사 따위에
애써 공들이지 않아도 괜찮아
그저 분하고 답답한 마음 알아주는 것
내 일인 양 가슴이 저미어 다름없이 흔들리고
애틋하고 가엾이 생각하여 가만있지 못하는 것
정작 힘써야 할 것이 무엇인지 알아 보탬 주는 것
시시하다 싶을지 모르지만
시란 그런 것
정치도 그런 것

* 진도 팽목항의 어느 현수막에서

## 바위무덤

　하루하루가 늘 궁지이거나 얼얼한 서리 속이네 차
가운 부엉이바위 너머엔 무엇이 있을까 천 리나 가
야 하는 멀고 먼 여정 앞에 모든 게 묘원하네 상처는
아물지 않고 눈물이 밀려들수록 우리 손을 맞잡던
온기 잊을 수 없네 그 순간만큼은 어떤 결여도 없이
따뜻했네 오늘 당신의 가쁜 걸음들이 별로 떠서 반
짝이네 말간 얼굴도 떠오르네 언제인가 모든 게 닳
고 닳아 사라질 것이니 함께 한 세대를 살았다는 진
실밖에 남지 않을 것인데 심약한 나는 천 리는 가지
못하고 홀로 서향나무 꽃향기 맡으며 우네 고인돌처
럼 깊은 잠에 든 바위무덤 앞에 멍하니 서 있을 수밖
에 도리가 없네

## 느그들 나 보러 올 때 꽃이라도 보면서 오니라

외떨어진 늙은 집에도
선산 지키는 소나무 굽은 등에도
햇살 내리고

청명과 곡우 사이
사뿐한 꽃잎이
연못 가장자리에 때 아닌 살얼음 까네

나는 세상 가장 가벼운 걸음으로
공연히 저 너머까지 건너가고만 싶어지네

눈이 침침해진 어머니도 말수가 적은 아내도
연신 감탄사 쏟으며
백 리도 멀지 않아 너나없이 설레는 길

하고많은 날 중 창창한 춘삼월에 돌아가셔서

느그들

나 보러 올 때
꽃이라도 보면서
오니라

먼 데서 일부러 찾아오는 자식 손자 위해
할아버지께서 베푸는
무량한 특혜

# 버들강아지

꽝꽝 언 겨울잠에서 그만 깨어
몸도 마음도 녹이며
팔랑팔랑 나비처럼 와라

벚꽃이 한순간에 만개하듯
사이도 좋게 외롭지 않게
아홉이 한 번에 와라

맹골수도의 거친 파도는 곤히 재우고
침몰의 시간은 먼바다에 묻고
뱃머리 돌려
집으로
우리 품으로 다 같이 와라

단원고 2학년 1반 조은화, 2반 허다윤, 6반 남현
철, 박영인
고창석, 양승진 선생님
아빠 권재근과 아들 혁규

그리고 이삿짐을 풀지 못한 어느 아들의 엄마 이
영숙

몽개몽개 구름처럼
처음 집을 나설 때 그 표정으로
아른거리는 아지랑이 지우며
따뜻한 햇살로 와라

# 시름

망월묘역 가는 길에
이팝나무 꽃 가득 피었네

꽃을 피운 건 나무인데
마음이 환해지는 건 사람이네

깊은 추념을 기억한 나무가
새하얀 메 지어 올리고

시큰대는 마음의 사람들이 눈물 쏟아
뭉클한 가슴 어쩔 줄 모르겠네

봄날의 끝에서
한 해 치 울음을 다 듣고서는
이내 초록으로 창창할 것이니

꽃을 지운 건 나무인데
마음이 깜깜해지는 건 사람이네

# 밥물

어머니와 전화하면
언제나 먼저 하시는 말

때와 관계없이
밥숟가락이 들어가는 걸
보기 전까지 늘 반복하는

밥 먹었냐

밥이 뭐길래
평생 자식들 밥 짓느라
차디찬 손발

밥물과 함께 스며
무심히 내가 먹어버렸다는 걸
모르고 살았네

어머니가 계신 곳에서

내가 사는 곳까지
아득한 거리를
한달음에 달려오는 말

늙고 쇠약한 기력으로도
기어코 날아와

갓 지은 밥보다
더 뜨겁게 메는 말

밥 먹었냐

# 잘 마른 빨래 같은 날들

팔도 다리도 빨랫줄에 좀 걸어두고
고단한 몸뚱이쯤이야
바람 부는 대로 그냥 맡겨놓고선
마냥 하늘거리고 싶은 거다

안팎의 소란은 무심히 놔두고
광합성 같은 것이나 좀 하면서
곤한 낮잠에 빠지고

반목이나 아픈 일들은
탈탈 남김없이 탈수하고
잔뜩 햇볕 머금은 채 뽀송뽀송
구김살 쫙쫙 펴고 싶은 거다

잘 마른 빨래 같은 날들이
지금보다 많아져서
말끔하게 가볍게 웃고 싶은 거다

# 술도둑

손바닥에 깻잎 한 장 펴둔 채
애꿎은 군침만 맴돌았다
별다른 식탐은 없지만서도
명색이 4월 도다리인데
한 점으로는 서운하고
두세 점쯤 야무지게 싸먹어야
제대로 봄의 첫맛을 보았다고
어디 가 자랑도 할 만한데
자리가 파할 때까지
술잔만 받아놓고 마는 나여서
안주만 축낼 수도 없는 노릇이다
마주 앉은 사형詞兄들은
철썩철썩 출렁인 날들을 뱉으며
독한 소주만 삼킨다
무슨 비유를 들어도 시원찮아
수심 깊은 곳에서 푸른 파도를 몸에 익힌
도다리야말로 봄의 정점인 것을
목포에서 새벽길을 헤치고

남쪽 바다가 그대로 상에 올랐는데

진짜 술도둑이 따로 있는데

# 봄날은 온다

잠시 숨이나 돌리자고 오늘 하고 싶은 일이 있어

벚나무의 두근거림이 아닌가 싶은 꽃망울을 멍하
니 쳐다보는 것 살을 찢고 열매 맺기까지 파열로 점
철된 날들 수첩에 빼곡히 적어놓고 두고두고 볼 생각
에 배시시 웃어도 보는 것 약속이나 맹세 따위 아랑
곳 않고 떠나는 바람의 홀연함과 그늘은 거부하는
강단까지 수혈하는 것 미완일 수밖에 없는 불혹의
단편에 흔들리는 꽃의 형상을 칸칸이 새겨 넣는 것
기약 없이 떠나는 너에게 흔쾌히 손 흔들어주는 것
날갯짓 멈춘 수많은 저녁과 무심코 떨어뜨린 깃털의
가벼움에 대해 반성도 해보는 것,

봄날의 햇살 받으며 오늘 꼭 좀 하고 싶은 일이 있어

3부

# 나의 여름은

개울 건너는 느린 걸음의
양떼구름쯤으로 기록하고 싶네

투명한 방 칸 무상으로 얻었으니
말간 얼굴과 손발을 하고
두근두근 너에게 가닿으려 하네

저마다 가슴속에
나비처럼 꽃밥을 활짝 열어주고선
소설이나 들추면서 딴청 피우려네

밋밋할 수 있는 소묘에
닭의장풀이 피어 푸름을 더하고

오랜만에 찾아든 곤줄박이가
구름 속에서 물 꺼내 마시면
까만 부리와 선한 눈망울만 담으려네

개울에 머물거나 구름이 품었던
밤낮의 모든 고요를
세상 가장 명징한 모습으로 새기려네

내 일과도 이때야 끝나는 것이어서
양떼를 몰고 이제 어디로 가느냐
누군가 물어오면

여름내 쓴 미문 몇 장
대신 건네고 싶네
그렇게 또 한 계절이 지날 수 있으면 좋겠네

# 뿌리, 하고 말하면

태풍 언저리에 회화나무 송두리째 몰골 드러냈다
맥아리 없이 한 방에 훅 간 것이다 평소 조경에 식견
이 있는 모 씨가 말하기를 겉만 번지르르하지 스스
로 뿌리 못 내린 탓이란다 영양제 잔뜩 맞춰 덩치만
키우기에 급급해 태생이 편편약골인 것이다

하물며 풀 한 포기도 뿌리가 굳고 실해야 하는 법
이어서
마땅히 땅의 습성 충분히 익히고
땅이 받아들인 밤낮의 시간을 체득해야 하는 것
가장 막막한 곳에서 가장 힘차야
어둠을 열고 더 깊숙이 내려갈 수가 있어
비로소 단단히 흙 붙들 수 있는 것
짱짱하게 줄기 키워 꽃도 피울 수 있는 것
땅에 스민 그림자와 땅이 딛고 있는 허공까지도
내 것으로 받아들이는 겸허와 함께
하세월에 풍파도 견디며 내공을 쌓은 후에야
나이테를 두텁게 얻을 수 있는 것이다

삼사백 년쯤 거뜬히 살아낸
고목의 장구한 생애도
하중을 견디다 못해 내려앉은 우람한 가지도
꾹꾹 적막 참아낸 뿌리가 밀어 올린 것이니
뿌리, 하고 말하면
망망한 우주의 한쪽이 슬쩍 열리는 듯하다

# 가자미의 시간

　모래, 하고 떠올리면 풍랑이 먼저 닥쳐서 연緣들을 가져갔다 지각이었거나 혹은 암석이었다가 알갱이로 수장되기까지 모든 걸 인멸하는 모래의 시간을 닮고 싶었다

　심해에서 별빛이 떠밀려 왔으나, 썰물에 묻혀 당신의 울음이 희미했으나 아무것도 잡히지 않았다 바람에 흩어지거나 파도에 쏠려간 무수한 생성과 소멸의 연혁을 읽으려 버둥댈 때면 곧잘 두통에 시달렸다 모래의 시제는 비늘로 피었을까 아무런 가설조차 세울 수 없는 날이 계속되었다

　모든 게 연演이 되는 바다에서 왼쪽에서 오른쪽으로 눈이 옮겨갔다 세상도 한쪽으로 쏠렸으니 내 믿음은 딱 절반이었다 훗날 나의 사인은 편향이 아닐까 하는 불안에 모래 속을 파고들었다 그것은 운명, 짙은 은둔의 형식으로 살 수밖에 없다는 걸 알게 됐다 끝내 잘게 부스러져 어딘가로 사라질 것인데 어

떤 문장이라도 쓰게 되지 않을까 믿음의 발로만이
어슴푸레 남았다

# 베란다 문을 두어 뼘 열어두고

아내는 비가 들이친다고 싫어하지만
베란다 문을 두어 뼘이라도 열어두고만 싶네

내일 오후부터는 줄곧 날이 화창할 거라 했으니
주어진 시간은 고작 하루뿐이어서 놓칠 수가 없네

야트막이 내려앉은 먹구름을 찍어다가
방충망에 기대 울던 지난여름의 매미를 그려 넣고

아이들은 학습지 같은 거 덮고서는
잊고 있던 딸기 모종에 부족한 흙 채워놓고
꽃이 피나 안 피나 멀뚱히 바라보면서
때를 기다렸으면 하네

빗줄기에 묻혀 점점 희미해져 가는 나무들을
좀 더 또렷이 쳐다보면서
단풍은 어디만치 왔나 거리를 셈해보려는 것

아무 효용이 없는 일이라 할 수도 있겠지만
설렘과 기대 감출 수 없어
더도 덜도 말고 베란다 문 두어 뼘만 열어두겠네

# 거래

옆 빌라에서 자두나무 가지 담을 넘어왔다
지난봄부터 마당으로 쏟아지는
제법 많은 일조량을 손해 보기도 했으니
얼마간 지분을 주장해도 하등 이상할 것 없겠으나
고로 담을 경계로 해서 군침 도는 자두 몇 알쯤
당당히 따먹어도 괜찮겠다고 생각했으나
이내 그만두기로 한다
염천 속에서 뜨겁게 불사르는
자두나무의 투지가 안쓰럽기도 하고
그간의 밤과 적막 우레를 견딘 게 가상하여
모른 척할 수만은 없어서다
자칫 식상하기 짝이 없는
분쟁에 휘말릴까 소심해지기도 하고
이미 사백여 년 전에
오성과 권율의 판례가 내려오고 있으니
이 여름 탐스러운 자두를 바라보는 일로써
내가 잃은 일조량과 퉁치기로 한다

# 모로 누운 당신

이 소란이 잠잠해지고 말면
더욱 희미한 호흡으로
남은 시간이 많지 않다는 것을 안다

이승의 숨으로는 갈 수 없는
가파른 길을 두고
돌아설 수밖에 없는 나는
모로 누운 당신의 두 손을 잡고
이별의 언저리를 서성이는데

소슬히 어스름이 깔리는 저녁을 뚫고
강물처럼 잔잔한 당신의
착하고 순했던 평생이 밀려온다

딴전 한번 없이
예까지 온 생애도 측은한데
당신의 끝은
설움에 젖어 야위었고

우리가 건너야 할
서로 다른 벼랑을 보며
행여 들킬까 꾹꾹 울음을 누른다

나의 무엇을 당신에게 지녀줄 것인가
당신의 무엇을 나는 지닐 것인가

바람도 파랑도 없이
내 전부를 흔드는 당신

# 명함

인쇄기를 새로 들인 친구가 기념으로 명함을 만
들어주겠다 하여 무엇을 새길까 곱새기다 되려 비워
보기로 한다

가장 크게 박혀 있던 사명社名을 빼니 빈자리가 깊
고 휑하다 직장이 없으니 무슨 무슨 부서네 하는 것
도 필요할 리 만무하다 직위 같은 것 애초 남이 붙
여준 것이요 전화번호나 이메일도 내 소유가 아니니
바깥으로 내놓는 게 마땅하다

본디 명함이라는 게 통성명이나 하자는 것인데 그
간 너무 많은 짐을 들여놓고 살았다 만나는 사람들
마다 내 것인 양 당당하게 내밀었다

이름 세 글자 깡마른 채 떨고 있는데 창틈으로 비
친 햇살이 명함을 물들였다

# 선을 긋는다

별 하나가
몇억 광년을 살며
우주를 횡단한다

눈 깜빡하는 순간
지구를 스치고 마는 것이지만

중심을 벗어났을 때만이
가장 아름다운
선을 긋는다

너와의 시간이
천체의 일부였다면
홀연히 사라진
말들 또한 많고 많았으니

지금도 무한한 우주
어딘가 행성처럼 떠돌고 있을

못다 한 말들이여

네 마음에
별똥별 같은 선 하나
긋기는 했는가

# 추천사
— 섬4

　명견만리 흠잡을 데 없는 풍경은 단연 일등이며 기품 있는 다랑쉬오름 이웃해 있고 광대한 하늘을 나는 까마귀의 수다와 머츰한 들녘마저 마음에 쏙 드는 것이지만 그중 콩닥콩닥 가장 설레는 것은 모험심 강한 바람의 기행문이다

　파도가 훔친 수많은 발자국의 사랑과 시기
　밭담을 지나 집으로 드는 올레의 모든 어스름과
　숨비소리에 찡하게 묻어난 바다의 서사
　월동 준비로 부산한 모슬포 방어의 사생활과
　안개 낀 아뜩한 성판악을 혈혈단신 넘어온 후일담까지
　영영 마를 수 없는 자리왓의 눈물과 비명은 물론
　풍파에 깎이어 모나고 날선 것들은
　유려한 곡선으로 바꾸고야 마는 술법까지

　촘촘한 눈썰미와 타고난 필력으로 막힘없이 써내려간 희대미문의 이것은 한갓지게 탐독하고 싶어서

생각만으로도 실실대는 버릇이 생기고야 만 것이다

제주시 구좌읍 종달리에 나도 아내도 딸도 사진작
가 김영갑 선생도 사랑해 마지않는 용눈이오름이 있
는데 바람이 풀어놓은 견문의 행간을 꼼꼼히 살피
며 시간을 축내도 괜찮은 일이다

# 이응
## —섬5

호멩이 같은 할머니는 할멍이
할아버지는 하르방이
아버지는 아방 어머니는 어멍이 된다
사납게 섬을 덮치는 바다는 바당이 되고
한여름 쨍쨍한 햇볕은 와랑와랑
모나고 날카롭게 각진 법 없이
파고는 무사히 지나 그윽하라고
모든 게 둥글고야 마는 게
신통방통하다
놀멍 쉬멍 살고 싶은 나는
이응이라는 자모 하나만 연구해도
섬의 마법이 슬슬 풀릴 것 같아
뾰족한 심사쯤 능칠 수 있을 것 같아
종달리終達里 수국처럼 궁리가 부풀고야 마는

# 공짜, 세화에서
—섬6


긴 문장으로 밀려오는 파도를 읽느라
일없이 자리를 지켜도 텃세가 없고
청명 지난 앵두나무 이파리 같은 바다도
망망한 대양을 끈질기게 건너온 바람의 인내도
공짜
수평선 퉁기면 음치도 명가수가 되는 거라
무작정 돌고래 떼를 기다려도 지루할 겨를 없고
썰물이 가져간 아들의 발자국은
이르면 오늘밤 형형한 별로 뜰 것이니
해녀자리 문어자리 당근자리
그럴싸한 이름도 붙여줘야지
언제인가 이 시간도
오래된 소묘처럼 희미하고 말겠지만
어쨌든 지금은 이 모든 게 공짜

애먼 짓이라 탓해도 괜찮아
세화리 바다를 앞에 두고 앉은 나는
말간 원고지를 뭉텅이로 얻은 셈이니

무슨 말을 채울까 고심을 거듭해보는
여름날의 근사한 하오

## 사과나무의 둘레

예전부터 바라는 게 있거니와
사과나무 한 그루 키우고 싶네

햇볕이 나무로 집결할 것이니
초록은 곱게 눈부시고
사방 둘레는 얼마나 환하겠는가

대롱대롱 탐스럽게 익어 가는 그림을
마당에 두었으니
당분간 외출은 삼갈 것이네

내 잘 익은 사과를 나눠주거든
달큼하게 한입 깨물며
가을이 오기까지 시간을 기억해줬으면 싶네

여름을 울던 매미의 뜨거운 목청과
그리움 붉게 밝히던 밤들
그 뒤를 따라

나도 빨갛게 여물고자 하네

가을의 끝에서는 몇 알쯤 남겨
허기진 새들 배라도 든든히 채워주면
그간 사과가 머금은 햇볕을 먹는 것이기도 하여
곧 있을 추위도 얼마쯤 녹여줄 테니
예쁜 지저귐으로 답례도 있지 않을까

나 또한 흐뭇한 기분으로
봄을 기다리겠네

# 오후

부쩍 힘겨운 당신의 숨소리가
가파른 담을 두르고

자꾸만 길어지는 그늘
거두지 못했다

이 울음의 너머가
아직 두려운 나는

여기까지라고
차마 입을 떼지 못하고

이제
당신이 곁에 있는 오늘과
당신이 곁에 없는 내일로
나뉠 것인데

쇠뿔도 녹는 폭염 속에서

부쩍 앙상해진 팔뚝으로
화단의 잡초나 무심히 뽑는 일로
당신은
얼마 남지 않은 오후를 건넜다

# 대추

라디오에서 들은 대추하다 가을을 기다린다는 뜻
이다

대추하다, 대추하다 중얼거리면 머릿속에는 계절
을 앞서 주렁주렁 열매가 열리니 달큼하여 즐거운데

대추하다는 것은 잘 여문 열매의 지난한 시간을
어루만지는 것

찬 눈 내리는 허공에 나무가 맨손으로 쓴 일기 두
어 권과 신록 위에 진눈깨비처럼 앉아 돋을새김한
꽃 슬며시 매만지는 일이다 천둥과 장마의 요란 꾹
꾹 눌러 삼키고 뜨거운 여름 이겨낸 분연함을 닮아
보는 것이며 햇빛에 말갛게 이마 씻고 짙어진 그늘
아래 쌓인 고요마저 내 몸에 지녀야 할 일이다

대추 한 알은 나무의 생이 이만큼 연쇄된 것인데
나는 무엇으로부터 붉어질 수 있을까 늦여름을 밀어
내고 어느새 가을이 올 것만 같다

4부

# 아물 때까지

어슴푸레한 마당에 까치밥 떨어졌다
꽃피우고 탐스럽게 열매 키운 자리가
제법 알알하기도 할 것이다
조만간 그걸 알아챈 송이눈이 촘촘히 날아들어
철도 모르고 탱자꽃 벙글겠지
동장군이 몇 차례 다녀가는 사이
나는 때 아닌 꽃놀이에 신이 나고
꽃은 피고 지기를 반복하며
딱지가 앉았다 떨어져 아물 때까지
포근포근 감싸주겠지
그러다 다시 살 돋을 즈음
꽁꽁 얼었던 하늘도 스르르 몸 풀겠지

# 필사

알알이 속을 드러낸 석류 덕에
마당은 온통 새큼해서
입맛은 절로 시다

오늘은 석류나무의 일기를 옮겨 적으려 한다

허물 벗어놓고 쩌렁쩌렁한 매미 탓에
나무 또한 여름내 눈이 퉁퉁 붓는다는 사실과
석류가 익었나 안 익었나
골목을 오가던 참견에 대하여
지루했던 장마와 까칠한 바람을 견디고
땡볕까지 온몸으로 받아낸 인내
별이 쏟아지는 저녁과 내밀한 새벽까지
배꼽 뚫고 새살 내밀 때
아리아리한 통증에는 빨갛게 밑줄 그어야지
 참, 지난봄 한방을 쓴 벌과 나비의 근친은 모른 척
하리

무엇보다 이것들을 모조리 한데 섞어
둥글게 열매 빚어내는 나무의 내공과
그런 후에야 비로소 한 줄 갖게 되는
나이테의 기원에 대하여

낱낱이 베껴내고자 호기를 부려보는 것

## 상강霜降

처음에는 두어 마리 오가는가 싶더니
이튿날에는 서너 마리
또 다음 날에는 예닐곱 마리
단체로 찾아와
입술 붉게 물드는 줄도 모르고
물러진 홍시를
콕, 콕, 콕
야단법석 떨다 돌아가고
외딴집에 손님이라도 들지 않을까
몇 번이고 문밖을 내다보았다

# 새새틈틈

허겁지겁 달려온 길이 이리도 넓었던가
바람의 몸 빌려 산 탓에
감응도 없이 늘어놓은 문장은 옹색하고
뭐라도 소일이 없나 휘둘러보는 것인데

구름아 찬찬한 얼굴로
추수 끝난 논에 무얼 경작하느냐
그간 놀린 채마밭에 모사라도 해두면
팔랑팔랑 나비가 찾을까
이미 동면에 들어간 단풍의 속내와
지난 계절의 소란이 엉겨
잔뜩 붉어진 대추 열매의
짠한 일기를 써야겠다
낱알의 무게에 대한 연구는 이듬해까지 마치리

강은 적막하고 산은 첩첩이어서
갈 길은 아른아른한데
대봉처럼 물렁했던 날들을 내려둔 채

찬찬히 버스는 떠나고
할머니 노점에 일렁이는 주름살 파도에
새새틈틈 어느새 저녁이 와 앉았다

# 무심

한여름 땡볕도 무차별한 소낙비도 이겼는데 이제
와 감이 물러지고 마는 것은 까치의 허기 채우려는
나무의 배려 때문이지

집집마다 감을 남겨 두고 짐짓 무심한 것은 그걸
알아챈 사람들 속내에 둥글고 붉은 홍시 몇 알 환하
게 비추기 때문이고

동구에 인기척이 들 때마다 깍, 까악 까치가 유난
떠는 것도 그 고마움 알아 어떻게든 신세 갚으려는
거지

　　아무런 인과 관계가 없어 보이는
　　나무와 까치와 사람 간에
　　흠씬 익은 감 여남은 개 두고 일어나는
　　뉴스에 나오지 않는 미담이자
　　말로는 설명이 어려운

# 달팽이

그늘이 반쯤 딱 들어앉아
늘 습기가 서려 있어
두 눈에는 달팽이가 산다
아무리 느린 걸음이어도
기다리면 이르기 마련이어서
개혁도 하고 대통령도 바뀌었는데
모르긴 몰라도 가진 거라곤
누추한 와사蝸舍와
밑 빠진 주량이 팔 할이지만
시인이 살아야 할 바를 찰떡같이 알아
짱돌 서너 개 주머니에 챙겨 다닌다
하여 두 눈을 빤히 쳐다볼 수 없다
내가 가보지 못한 수상한 시절을
가열하게 건너오면서
닳고 해진 지문 같기도 하고
옹이가 박힌 것처럼 단단하여서
그 앞에서는 눈을 마주치기 송구하다
강이라도 건너고 산이라도 오를

달팽이 시인들

# 단풍이 오는 속도

이달 25일 설악산을 출발한 단풍
광주 무등산에는 다음 달 20일쯤에나 이를 것이
라고 한다

백이십 리쯤 될까 자동차로 예닐곱 시간인데
단풍은 부러 산 넘고 물 건너
바위에 앉았다가 구름도 만나고
돌고 돌아 찬찬히 내려온다

너도 단풍처럼 와라
십 리쯤 걷다가 한번 쉬고
또 십 리쯤 걷다가 한번 쉬고
앞서거니 뒤서거니 다툴 것도 없이
기웃거리고 비틀거리고 머뭇도 거려보며
구부정구부정 온몸에 길을 감고
쑥부쟁이와 구절초 감별법도 배워
곰살갑게 말 붙이며 와라
가쁜 산세를 넘는 단풍의 자세도 익히고

물병자리 고래자리 지도 삼아
같은 박동 같은 호흡으로
도처에 흩어진 문장들 나이테처럼 새기며
직립보행으로 와라

단풍도 사람도 매한가지였던 거라
너도 단풍이 오는 속도로 내게 왔다가
돌아갈 때도 그렇게 가라

# 종種의 기원

혹을 지고
평생을 떠돌아야 하는
유목의 시간은
얼마나 무거운가

모래언덕을 넘는 일이란
소멸의 기점에
가까워지는 것이라 여긴 적 있다

실은 멈춰 있는 것이야말로
진짜 죽음
생사존망은 신의 것으로 두고
더 깊게 들어가야 하는
운명이 있다

지나온 발자국이나
세상의 환란 같은 거
쉽게 모래에 덮이고야 말 것이니

눈물은 금기

건기의 햇볕을
참아낼 당당한 끈기와

선인장의 가시처럼
나를 지킬 수 있는
마지막 패도 하나쯤 가져야 한다

끝내는 바람의 활달이
혈관을 흐르고
대代를 이을 때
세상에 기록되지 않은
새로운 종이 탄생한다

사막의 끝도 거기에 있다

# 졸업

창수 형이 국민학교만 나온 어머니가
수자원공사 실버대학을 졸업했다고
퉁퉁 부은 눈으로 자랑이다

해방과 한국전쟁을 지나는 통에
언감생심 학교가 가당키나 했겠나
짧은 가방끈이 한이 됐는지
그만저만 소일 삼았는지 알 수 없지만

고된 시집살이 시골살이 슬하에
육 남매 대학 보내고
굽은 허리 아랑곳없이
학교 문턱을 넘는 학구열에
보성군 복내면 당촌마을은 후끈했으리

진즉에 서울 올라가 학업을 마쳤고
세 번째 시집을 준비하는 창수 형이지만
그 시도 죄다

어머니 등골에서 나온 것이니
오늘은 새삼 달리 보이는데

학사모 눌러쓴 사진 아래
꽃다발 대신
무심히도 타오르는 향불 몇 개

# 견인

평소 어머니 말씀이
어쩌면 이렇게 네 아빠와 똑 닮았냐

요즘은 손자를 보며
어쩌면 이렇게 너 어렸을 때와 똑같냐

아들을 보면 어린 내가 보이고
아버지를 보면 훗날의 나이 든 내가 보인다

# 심금 心琴

가끔 주체할 수 없을 정도로
어떤 눈물이
어떤 연민이
어떤 노래가
몸을 당기거나 이끌어서 힘에 부치곤 하였는데
다만 중력 때문이어서 불가항력이라 여겼는데

거문고를 타면
나와 당신
나와 지구 반대편
나와 먼 행성을
단단한 명주실로
이을 수 있지 않을까

한 십 년이나 십오 년쯤
열심히 현絃을 튕기는 것으로
심금을 울리는 말
내 것이 될 수 있다면

끊긴 연처럼
멀어지는 나의 청춘에게도
차가운 바다에
가라앉은 별들에게도
헐겁고 눅눅한 저녁들에게도

어둔 모퉁이에 먼저 달려가
심금을 울리는 말

전구처럼 환하게 켜놓고
살짝 놀래키고 싶기도 한

# 등산화 한 켤레

곡성 동리산 계곡 작은 집에
등산화 한 켤레
업어 가도 모를 수면 중이다
기골이 장대한 데다가
걸음 또한 느긋한 법이 없어
멀찌감치 앞서만 갔으니
주인 잘못 만나 고생이 역력하다
불의는 걷어차고
모종의 감시도 피해
산에라도 들어야지
술독을 곁에 두지 않고서야
위안 삼을 게 뭐 있었겠나
제대로 숨이라도 쉴 수 있었겠나
아무리 튼튼한 가죽이라도
수명을 다한 지 오래여서
심폐소생술로 연명한 게 한두 해 아니다
몸은 건사하지 않은 채
닳아 해지는데 도리가 없어서

본연의 모습 잃은 지 오래지만
험준한 산을 넘어와
바라만 보고 있어도 울컥해지는
어느 시인의 등산화
스무 해째 잠에서 깨지 않고 있다

# 징검다리

누가 놓았을까
당신의 무릎처럼 솟은
징검다리

장마에도 휩쓸리지 않고 견딘
돌
언제나 나란히 곁을 지키던
당신

물의 흘러감을 몸에 새기며
물의 투명을 지켜보며
굳건히 자리를 지킨 무게는
얼마나 거룩한가

볕이 좋아 꽃 피었으나
너무 짧은 한때였고

힘겨운 심호흡으로

이 아침에 안녕할까

당신의 무릎을 밟고서
이때끔 살았으니
남은 시간은 갸륵하여
나의 허물만 같아
너무 늦은 회한이 밀물 들어
차마 건널 수 없는

# 뒤

내 뒷모습은 나 자신의 절반인 것인데
사이도 좋게 딱 반반씩 나눈 것인데
번번이 앞모습만 매만졌다
벽에 의자에 침대에 바위에 나무에 너에게
툭하면 앉고 기댄 탓에
세상의 소란 다 삼킨 채
짓눌린 나의 뒤여
아무것도 가질 수도 만질 수도 없이
잠잠한 그늘만 드리운 뒤야말로
응당 앞이 아닐까 하는 생각
뒤라고 알고 지낸 많은 것들이
실은 진짜 앞이 아닐까 하는

# 순환 자연을 꿈꾸는 미메시스의 시인

이병철(시인·문학평론가)

> 그대의 은총 속에서 울부짖으며
> 네 발로 기어 그대 앞으로 간다
> 가서 잠들라, 털갈이를 하고
> 강철 같은 새 이빨이 자랄 때까지
> 잠들라, 내 조상의 뼈들이 꽃 피고
> 가지가 자라 대지의 껍질을 뚫을 때까지

-바스코 포파, 「절름발이 늑대에게 경의를 7」

## 1. 미메시스의 입술

태양광이 지구 표면에 반사되는 기울기가 줄어들면 밤이 길어지고 복사에너지가 감소한다. 밤새 바다가 푸른 알몸을 움츠리는 동안 내륙의 산들은 하얀 스웨터를 입는다. 대기 중의 물방울들이 얼음결정으로 변해 구름에 편입되고, 구름 속에서 몸을 불려 지상으로 떨어져 내리는 첫 순간을 우리는 첫눈이라고 부른다. 첫눈은 겨울의 전령(傳令), 하지만 아무리 추운 겨울이라

도 이마에 닿는 눈송이는 체온에 의해 금세 물방울로
되돌아온다.

　봄의 분홍색 꼬리는 여름의 무성한 초록 입이 삼
키고, 여름은 다시 가을 속으로 꿈틀꿈틀 기어들어간
다. 자신의 꼬리를 삼켜서 무한의 원을 이루는 거대한
우주적 뱀, 우로보로스Ouroboros는 순환 자연을 상징
한다. 이 순환 안에서 자연은 완전하게 아름답고 완전
하게 성실하다. 아리스토텔레스는 『시학』에서 재현의
원리, 즉 '미메시스Mimesis'를 예술의 방법론으로 제시
했다. 이데아인 자연을 흉내 내고 모방함으로써 그 '완
전한 미美'의 구성 원리와 체계를 문자, 소리, 그림, 춤
등 다양한 언어로 '재현'해낼 수 있다고 본 것이다. 과
연 아리스토텔레스 이후 시는 재현의 예술이 되었다.
시인들은 오랜 세월 동안 자연, 인간, 삶, 죽음 등 이
세계를 문장으로 재현하면서 눈에 보이지 않는 이데
아를 보이는 '이미지'로 모사해냈다. 시뿐만 아니라 모
든 예술이 그러했다. 동굴 벽화부터 낭만주의 미술까
지, 갑골문자부터 타이포그래피Typography까지, 맹수
의 울음소리를 흉내 낸 루시Lucy의 몰이사냥 노래부
터 뉴에이지New Age 음악까지 미메시스는 가장 강력
하고 확실한 예술의 방법론이었다.

　그러나 자연이 '순환하는 힘'을 잃어 더 이상 이데아

로 존재할 수 없게 되면서 미메시스는 추억이 되어버렸다. 자연은 이제 부재하는 존재이자 존재하는 부재, 실제적으로는 존재하지만 상징적으로는 존재하지 않는 세계에 불과하다. 미메시스가 불가능해지자 '재현의 위기'가 닥쳐왔다. 미메시스의 원리가 작동하지 않는 '대상 없는 세계'에 시뮬라크르가 범람하기 시작한 것이다. 보드리야르는 전통적 자연이 상실된 세계에서 재현은 불가능한 것이며, 현대사회는 재현의 대상인 오리지널이 아예 없는 가상공간이라고 말했다. 우리는 가상성의 세계에 살고 있다. 가상성이란 쉽게 왜곡되고 조작이 가능한 신기루에 지나지 않는다. 오늘날 우리 시에서도 미메시스에 대한 믿음이 사라지면서 신기루처럼 내용 없는 형식주의, 경험 없는 자기감정의 절대화가 주도적 경향이 되고 말았다. 대상도, 풍경도, 타자도 없고 때로는 주체마저도 없다. 그래서 공허하다.

온몸 칭칭 감는 햇살 그늘로 엮는 재간을 가져야 한다 천둥과 번개의 격한 심사 헤아리고 바람의 장단이나 고저에 주의 기울여야 한다 수많은 벌레의 기거를 들어주고 간밤에 내려앉은 별들의 사정을 새기는 것은 물론 쌀알처럼 나리는 눈마저 맨살로 안아야 한

다 시시로 찾아오는 나비나 쇠박새의 전언도 잊지 않
아야 한다 무엇보다 아무런 호명 없는 저녁의 든든한
하중이 되어야 하는 것이다 시상詩想 몇 줄 얻어 볼
참으로 열매가 맺기까지 전말을 추적하다가 모름지
기 나무에 대해 생각해보는

-「고목 아래」전문


대상 없는 지각知覺은 차라리 몽유에 가까워서, 공
허한 말들로 이뤄진 허몽虛夢들을 엿보다가 나 또한
깰 수 없는 잠에 빠지려는 순간, 이마 위에 차가운 눈
꽃이 떨어져 내린다. 번쩍 잠을 찢고 이마에 손을 짚
어 본다. 내 "이마 우에 얹힌 시의 이슬"(서정주, 「자화
상」)은 바로 황형철의 시다. 나는 졸음이 엉겨 붙던
눈을 비비고, 이마에서 흘러내려 눈썹과 콧등, 인중
을 지나 입술에 와서 닿는 그 한 방울의 얼음을 혀끝
에 올려본다. 그 투명한 얼음 안에는 아직 모방과 재현
이 가능한 이데아로서의 자연이 인큐베이터 속 여린
생명처럼 숨 쉬고 있다. 황형철의 시는 그 여린 생명
을 대신하여 세차게 울어주는 소리, "온몸 칭칭 감는
햇살"과 "천둥과 번개의 격한 심사"와 "바람의 장단이
나 고저"와 "수많은 벌레의 기거"와 "간밤에 내려앉은

별들의 사정"과 "시시로 찾아오는 나비나 쇠박새의 전
언"을 깊이 헤아려 그들 자연의 음성으로 대신 발화
할 때, 시인이 회복하는 미메시스의 입술은 자연과 주
체 사이를 연결하는 통로가 된다. 황형철은 희미한 맥
박과 호흡으로 겨우 목숨 붙은 자연 이데아가 "털갈이
를 하고 강철 같은 새 이빨이 자랄 때까지" 노래를 멈
추지 않을 셈이다. 그는 여전히 "시상詩想 몇 줄 얻어
볼 참으로 열매가 맺기까지 전말을 추적하"는 미메시
스의 시인이다.

## 2. 자연의 유기적 질서를 통해 하늘로 오르는 시

> 구례군 산동면에 가면
> 나무도 땅을 갖고 있다
>
> 별다른 욕심도 없이
> 그늘마저 노랗게 깃든
> 딱 그만큼이
> 엄연한 산수유나무 소유다
>
> -「어떤 지목地目」 부분

워즈워스는 "내 하루하루가 자연의 숭고함 속에 있기를"(「무지개」) 기도했다. 낭만주의 시인들은 자연의 언어를 읽을 수 있었는데, 무지개를 보면 가슴이 뛰는 이유를 알았고, "나무도 땅을 갖고 있"다는 사실을 눈치 챘다. 그리고 그 비밀을 언어로 풀어냈다. 시인들은 그 특별한 해독의 체험을 '영감'이라고 불렀다. 자연은 영원하고 완전하기에 영감 또한 마르지 않는 단비처럼 오는 것, 영감에 의한 미메시스는 항구적인 창작 원리로 여겨졌다. 그러나 이제는 영감이 오지 않는 시대, 무지개를 선물로 주던 자연은 빈털터리가 되어 '숭고한 자연'은 이미 사라진 환상에 불과하다. 그런데 어떻게 황형철은 여전히 낭만적 미메시스를 시의 구성원리로 삼을 수 있는 걸까? 답은 간단하다. 그가 아직 "단단하게 음각된 구름의 그림자 오롯이 베끼는 것"(「밭담 지도-섬2」)이 가능한 세계에 살고 있기 때문이다. 이는 어쩌면 일종의 고립과 유폐일지도 모르지만, "중심을 벗어났을 때만이/가장 아름다운/선을 긋는다"(「선을 긋는다」)는 사실을 깨달은 자가 스스로 선택한 삶의 방식이다.

"그늘마저 노랗게 깃든" "산수유나무 소유"의 땅이라든가 "밤새 살구나무에 동지 팥죽 새알마냥 눈꽃 맺"는 "간밤의 세례"(「꽃에 이름을 걸고」)는 황형철의 시에 공간적 배경으로 주로 제시된 전라남도 농촌이 아니면 보기 힘든 풍경이다. 얼마 전 뉴스 보도에 따르면 전라남도는 65세 이상 고령인구 비율이 22.4%로 전국에서 가장 높아 '소멸 고위험' 지역으로 분류되었다. 산업화 이후 도시로 인구와 자본이 몰리면서 중심에서 분리된 낙후 세계로 방치되어 온 탓이다. 그런데 이 낙후와 고립이 뜻밖에도 '자연의 숭고함'을 보존하는 가능성이 되었다. 낙후했기 때문에 오히려 '대상'으로서의 자연이 보존된 농촌에서 황형철은 미메시스를 통해 도시의 현대인들에게 '몽상의 거처'를 회복시켜 주고자 한다.

소음, 공해, 속도, 물질만능주의가 횡행하는 현대 문명사회는 현대인들로부터 정신이 안식할 거처를 앗아갔다. 우리가 빼앗긴 정신의 거처는 "몽상을 지켜 주고, 몽상하는 이를 보호해 주고, 우리들로 하여금 평화를 꿈꾸게 해"(가스통 바슐라르, 『공간의 시학』) 주던 곳이며, "인간의 사상과 추억과 꿈을 한데 통합하는" 장소였다. 오늘날 시뮬라크르 세계는 '대상'이 없기 때문에 주체와 세계 사이의 인과因果 또한 성립되지 않는다. 까닭 없는 슬픔, 이유 모를 불안, 원인불상의 온갖 사고들은 다 인과의 부재에서 비롯된 것이다. 이 시집에서 황형철은 자연이라는 명징한 대상을 노래하면서 주체와 세계 사이, 나와 타자 사이, 대상과 대상 사이의 인과를 회복하는 데 주력한다.

인과란 결국 유기적 질서를 의미하는데, 황형철이 유기적 질서의 회복을 통해 도달하려는 곳은 바로 '하늘'로 함의된 높이 지향의 세계다. 그곳은 형태를 지닌 물질적 공간이 아닌 무형의 이데아에 가깝다. 거기서 주체는 현실의 허무와 불가능성에서부터 벗어나 자유롭게 몽상할 수 있으며, 자연의 순환 질서에 편입해 영원회귀를 꿈꿀 수 있게 된다. 황형철의 시는 현실에 발이 붙들리지 않은 하늘로 올라 현대인들에게 "어둔 구름의 한쪽을 걷어 사막에서 잃은 별자리를 되돌려주"(「눈물의 씨앗」)고, 일상성의 시간 대신 아득하고 "엄엄한 나무의 시간"(「그늘」)을 제시한다. 바슐라르가 "대지의 인간에게는 모든 것이 대지를 떠남과 동시에 흩어지고 소멸되는 반면, 공기의 인간에게는 위로 올라감과 동시에 모든 것이 모여들고 풍부해진다"고 했을 때, '대지의 인간'은 세속적 범인凡人이며, '공기의 인간'은 자연을 내면화한 예술가, 즉 시인이다.

　　하루가 다르게 배춧잎이 쑥쑥 자라는 것은 하늘에
　　가 닿으려는 배추벌레가 열심히 배밀이하며 길 내기
　　때문이지

널찍한 배추밭이 통째로 흔들리는 것은 잠자리에
든 배추벌레가 떼 지어 하늘을 나는 꿈꾸기 때문이지

나비 날개가 둥글디둥근 것은 이파리 갉아먹으며
숭숭 구멍 내던 어릴 적을 필시 기억하기 때문이지

-「배추밭」 전문

"배춧잎이 쑥쑥 자라는 것"은 "배추벌레가 열심히
배밀이하며 길 내기 때문"이며, "널찍한 배추밭이 통
째로 흔들리는 것"은 "배추벌레가 떼 지어 하늘을 나
는 꿈꾸기 때문"이다. 이처럼 자연물들은 서로 유기적
관계를 맺고 있으며, 자연은 이 유기성이라는 정교한
메커니즘을 통해 완벽함을 이룬다. 자연 안에서는 우
연처럼 보이는 현상들도 수많은 필연들이 만들어낸
결과다. "수령 사백 년 넘은 왕버들나무 아래 들r 보
니 고작 사십수 년을 산 나와 만난 건 분명 우연 아닌
필연"(「그늘」)이라고 고백할 때, "세상은 사물들의 총
체가 아니라 기호들의 총체다. 우리가 사물이라고 부
르는 것들은 사실은 언어들이다. 산도 하나의 말이고,
강도 하나의 말이며, 풍경은 하나의 문장이다. 이 세계

는 은유의 은유"라고 한 옥타비오 파스와 황형철의 세계인식은 서로 닮아 있다. 세상이 기호들의 총체라면 자연은 잘 짜인 한 편의 시가 되고, 언어의 유기적 결합인 시편은 곧 우주 자연이 되는 것이다. 황형철은 완벽한 유기체인 자연의 언어들을 그대로 떠다 옮기는 시인이다.

배추벌레는 배춧잎을 갉아먹으며 배추흰나비로 성장해 마침내 하늘에 가 닿는다. 배추벌레가 배추흰나비가 되기까지, 땅에서 하늘로 상승하기까지의 과정에는 인과의 무한한 반복으로 이뤄진 자연의 유기적 질서가 작용한다. 황형철의 시에 등장하는 자연물들은 공통 성질을 지니는데, "어떠한 배척도 없이/둥글게 흐르고 흘러"(「강」) 타자를 수용하고 이질적인 것들과 화해하는 '물'의 융합성, "모나고 날선 것들은/유려한 곡선으로 바꾸고야 마는"(「추천사─섬4」), "태생적으로 둥글기만 하여 구를 수밖에 없는"(「눈물의 씨앗」) '원'의 이동성, "제아무리 공복이라도/뜸 들일 줄"(「밥 한번 먹자」) 아는 '뜸'의 순리성이 그것이다. 유기체를 이루려면 사물과 사물은 서로를 수용해야 하며, 동일화를 위해 한쪽으로 치우치지 않고 서로를 향해 자유롭게 이동할 수 있어야 한다. 그리고 그 과정에서 서두르거나 강제하는 등의 인위를 배제한 채 시간을 견딜

줄도 알아야 한다. 그때 비로소 유기적 질서가 완성된
다.


　　어떤 집념이
　　수직의 절망을 오르게 하나


　　소리도 없이
　　활발한 폐활량으로
　　결연하게 그늘을 넘으며


　　세상 가장 낮은
　　공손으로
　　제 길을 낸다


　　긁힘도 깨짐도 낙서도
　　벽의 요란은
　　침묵으로 덮으며


　　벽을 사이에 두어
　　생겨난
　　요원한 경계마저 허물고

아무 결탁 없이도
잠잠히 공空을 채우며
오르고 또 올라

마침내 담쟁이는
벽의 전부를 지운다

-「결벽」 전문

　"세상 가장 낮은 공손"과 '침묵' 그리고 "아무 결탁
없이도/잠잠히 공空을 채우"는 성실함은 물과 원과 뜸
의 속성이며 이는 곧 자연의 미덕이다. 위 시에서 '담
쟁이'는 시인의 은유물, 담쟁이는 "어떤 집념"으로 "수
직의 절망을 오르"는 중이다. 시인이 처한 현실 세계
는 '그늘'이자 '낮은' 곳이며, '긁힘'과 '깨짐'과 '낙서'로
가득한 상처의 공간이다. 온갖 '벽'들이 '요원한 경계'
가 되어 계층을 형성했기 때문에 중심에서부터 밀려
난 이들은 주류와 '결탁'하지 않고서는 그저 텅 빈 '공
空'의 허무만을 삼켜야 한다. 하지만 시인은, 담쟁이는
세속적 '상승'의 방법 대신 융합, 화해, 순환, 순리라는
유기적 자연의 상승 운동으로 묵묵히 "오르고 또 올
라" 마침내 "요원한 경계마저 허물고" "벽의 전부를 지

운"다. "시는 이 세계를 드러내면서, 다른 세계를 창조한다"는 옥타비오 파스의 말처럼, 황형철의 시는 현실 세계의 모순을 자연 세계의 아름다움으로 재창조해낸다. 결국 황형철이 오르고 또 오르고자 하는 '하늘'은 몽상의 거처이자 순환 자연의 세계, 그리고 비경계·비구분의 조화로운 상응 우주인 것이다. 그곳에서는 자기 봉쇄, 계층 갈등, 동일성의 원리로 타자를 배척하는 폭력, 온갖 세속의 욕망들이 잠잠해지고 '벽'들이 무너져 마침내 주체와 타자, 이질적인 모든 것들의 고요한 화해가 이루어진다.

## 3. 자연을 통해 말하는 정치적 올바름

청명을 앞뒀는데 이름도 무색하게 동백이 한창이다

큰넓궤에도 피고 너븐숭이에도 피고 빌레못굴에
도 피고 섯알오름에도 피고 송령이골에도 피었다

바람 불어도 흔들리지 않게 파도 덮쳐도 꺼지지 않
게 애지중지 겹겹으로 불씨 에워싸 금방이라도 타오르
겠다는 듯 환하지만

삼촌이 건넨 식은 지슬 같아서 어멍이 잡아준 마지막 손길 같아서 누군가 머뭇거리다 몰래 내건 조등弔燈 같아서

어쩌나 차마 고개 들 수 없다 바라볼 수 없다 만개한 숲으로 들 수가 없다

꽃이 지는 찰나에도 꽃을 붙들고 있는 그림자가 유난히 깊은 어둠 같기만 하여 붉게 뜨겁게 가슴이 타기만 하여 파리한 나무처럼 서서 한참을 울었다

-「4월 동백-섬3」 전문

망월묘역 가는 길에
이팝나무 꽃 가득 피었네

꽃을 피운 건 나무인데
마음이 환해지는 건 사람이네

깊은 추념을 기억한 나무가
새하얀 메 지어 올리고

시큰대는 마음의 사람들이 눈물 쏟아
뭉글한 가슴 어쩔 줄 모르겠네

봄날의 끝에서
한 해 치 울음을 다 듣고서는
이내 초록으로 창창할 것이니

꽃을 지운 건 나무인데
마음이 깜깜해지는 건 사람이네

-「시름」 전문


　인과가 사라진 세계에 자연의 유기적 질서를 이식
시켜 현실의 이유 모를 허무와 불안, 불가능성을 극복
하려는 황형철의 시는 보다 구체적인 우리 삶의 현장
을 향해 날카로운 시선을 던진다. 인과가 부재하는, 또
는 인과가 엉망으로 왜곡되어버린 정치·사회적 사건
들의 진실을 바로잡고자 하는 것이다. 황형철은 자연
의 입을 빌려 정치적 올바름에 대해 말하는 시인이다.
　디즈니 애니메이션 영화 〈겨울왕국2〉에서는 아렌
델 왕국에 갑자기 재앙이 찾아온다. 지혜로운 '트롤'족
의 장로인 파비 할아버지는 주인공 엘사에게 "무언가

밝혀야 할 숨겨진 진실이 있다. 그것을 밝혀내지 않으면 아렌델의 미래가 보이지 않는다"고 예언한다. 엘사는 아렌델에 닥친 위기를 해결하기 위해 '마법의 숲'으로 간다. 온갖 난관들을 통과한 후 마침내 찾아낸 진실은 과거 아렌델 왕국이 이웃 소수민족인 '노덜드라' 부족을 침공했다는 사실이었다. 그 사실이 오랜 세월 동안 정반대의 양상으로 왜곡되어 있었기 때문에 상응과 순환의 우주에 불협화음이 발생, 아렌델에 재앙이 온 것이었다. 과거사를 바로잡고, 노덜드라 부족에게 진심 어린 사과와 함께 상생을 약속하고 또 실천한 순간, 아렌델을 뒤덮던 어둠이 사라지고 찬란한 평화가 회복된다.

어제의 진실을 바로잡으면 잘못 방치된 어제로부터 비롯된 오늘의 온갖 부조리가 사라지고, 내일의 희망이 움트기 시작한다. 황형철은 세월호의 비극, 제주 4·3 사건, 5·18 민주화항쟁, 정치적 타살의 혐의가 짙은 노무현 대통령의 죽음 등 특정 정치 이념 집단에 의해 끊임없이 그 진실이 왜곡 및 호도되고 있는 역사적 사실들을 바로잡고자 한다. 잘못된 인과를 제자리로 돌려놓고, 합당한 애도와 추모, 의미화를 실현하고자 한다. 이제는 과거처럼 야음을 틈타 밀실에서 대중을 현혹하고 억압하지 않는다. 백주대낮에 대놓고 조작하고 왜곡하며 또 겁박하고 짓밟는다. 환한 빛 속에서 끝으로 메주를 쑨다. 여전히 정치적 쟁점인 과거사의 비극들, 오늘날도 되풀이되는 대형 참사와 사회적 죽음들은 모두 진실과 인과가 왜곡되어 생긴 재앙들이다.

그러나 황형철은 이러한 부조리 앞에서 자신의 분노를 여과 없이 표출하거나 직접적인 언어로 구호를 외치지 않는다. 자연을 대신하여 노래했던 그가 이제는 자연에게 자신을 대신하여 외쳐 달라고 부탁한다. 그 순간 자연과 자아의 상응이 이루어진다. 시인은 자신이 울고 소리치는 대신 자연이 울도록, 자연이 외치도록 한다. "큰넓궤에도 피고 너븐숭이에도 피고 빌레못굴에도 피고 섯알오름에도 피고 송령이골에도 피"어 있는 동백꽃 풍경을 통해 "삼촌이 건넨 식은 지슬"과 "어멍이 잡아준 마지막 손길"과 "누군가 머뭇거리다 몰래 내건 조등"을 형상화하며 제주 4·3 사건의 역사적 진실을 환기시킨다. 또 "망월묘역 가는 길에/이팝나무 꽃 가득 피"어 있는 광경을 시에 옮겨옴으로써 "깊은 추념을 기억한 나무"처럼 우리도 5·18 민주화항쟁의 정신을 잊지 말자고 촉구한다.

이 유려하고도 통각 생생한 '자연의 캠페인'이 성공할 때, 독자는 그동안 공감 영역의 바깥에 있던 타인

의 아픔과 상실감이 동백꽃과 이팝나무라는 구체적
이미지를 입고 마음의 체온으로 전이되는 것을 경험
하게 된다. 그 전향적 자각은 어제와 오늘, 내일로 이
어지는 진실의 인과를 바로잡겠다는 '참여'와 '실천'으
로 나아가기 마련이다.

## 4. 짧은 보폭으로 바람을 동경할 수 있을까

　자연보다 뛰어난 계몽가는 없다는 것을 황형철은
알고 있기에, 그의 시는 때로는 자연의 말씀을 대언하
고 또 때로는 자연이 직접 말하도록 하는 상호발화의
방법론으로 독자에게 이 세계의 은닉된 진실을 귀띔
해 주고, 함께 정치적 올바름의 편에 설 것을 당부한
다. '시인의 말'을 빌리자면, "세상은 더 급하게 흘러"가
더라도 "내 짧은 보폭"으로나마 "바람을 동경"하며 나
아가다 보면 눈부신 햇살을 볼 수 있을 거라고, 황형
철은 스스로를 설득하고 또 독자들마저 설득시킨다.
　구체적 체험의 진정성은 황형철의 시에 나타나는
중요한 특징이다. 감동은 억지로 생겨나는 것이 아니
다. 이미지를 잘 만들고 언어를 능란하게 부리는 것만
으로 시에 감동이 발생하지는 않는다. 겪지 않은 일을
마치 겪은 것처럼 실감나게 쓴다고 해도 직접체험의

구체성만큼은 따라올 수 없다. 우리가 황형철의 시를 읽고 감동하는 것은 그가 "창수 형이 국민학교만 나온 어머니가/수자원공사 실버대학을 졸업했다고/퉁퉁 부은 눈으로 자랑이다 (…) 학사모 눌러쓴 사진 아래/꽃다발 대신/무심히도 타오르는 향불 몇 개"(「졸업」)와 같은 체험의 구체성을 실감 나게 그려내고 있기 때문이다. 이러한 장면들은 구체적이기에 더욱 생생하고 뚜렷한 인상을 준다. 마치 슬로비디오처럼 독자의 의식을 지나가면서, 시인의 체험과 서정을 충분히 전달하는 효과를 낸다.

황형철의 시가 지닌 공감의 힘은 이 진정성에서부터 나온다. 나는 그 진정성의 힘을, 다시 한 번 '시인의 말'을 빌려 바람처럼 멀리 가는 짧은 보폭의 힘이라고 부르고 싶다. 보폭이 짧으면 작은 들꽃과 풀벌레 등 소외된 풍경들을 지나치지 않고 섬세히 보듬을 수 있다. 금방 지치지 않고 오래도록 걸을 수 있다. 황형철이 짧은 보폭으로 끊임없이 걸어 나갈 때, 그의 시가 지닌 인간과 자연에 대한 다정함은 봄바람처럼 멀리 퍼져 우리가 사는 세상을 보다 환하고 따뜻하게 해줄 것이다.

황형철의 시를 읽는 사이 어느덧 겨울이 깊어졌다. 계곡물은 벌써 바윗골 사이에서 가만히 얼어붙어 봄을 기다리는 중이다. 나는 이 자연의 몽상가, 미메시스의 시인이 우리에게 흘려보내는 차고 맑은 시의 물살이, 또 따뜻하고 부드러운 시의 햇살이 우리의 감각을 깨우고, 정신을 서늘케 할 것을, 가슴을 따뜻이 데워줄 것을 굳게 믿는다. 나부터 그 반짝이는 물살에 흠뻑 젖을 수 있었던 점, 이 겨울의 잊을 수 없는 추억이다. 이제 우리는 황형철의 시를 읽으며 "연신 감탄사 쏟으며/백 리도 멀지 않아 너나없이 설레는 길"(「느그들 나 보러 올 때 꽃이라도 보면서 오니라」)을 함께 걸을 것이다.

## 사이도 좋게 딱

2020년 1월 30일 1판 1쇄 펴냄

| | |
|---|---|
| 지은이 | 황형철 |
| 펴낸이 | 김성규 |
| 책임편집 | 김은경 |
| 디자인 | 김동선 |
| 펴낸곳 | 걷는사람 |
| 주소 | 서울 마포구 월드컵로16길 51 서교자이빌 304호 |
| 전화 | 02 323 2602 |
| 팩스 | 02 323 2603 |
| 등록 | 2016년 11월 18일 제25100-2016-000083호 |

ISBN    979-11-89128-66-1  [04810]

ISBN    979-11-89128-01-2  [04810] (세트)*

* 이 책은 광주광역시 광주문화재단의 지역문화예술특성화지원사업으로 지원받아
  발간되었습니다.
* 이 책 내용의 전부 또는 일부를 재사용하려면 반드시 지은이와 출판사의 동의를
  얻어야 합니다.
* 잘못된 책은 교환해 드립니다.
* 이 책의 국립중앙도서관 출판시도서목록(CIP)은 서지정보유통지원시스템
  홈페이지(http://www.seoji.nl.go.kr)와 국가자료공동목록시스템(http://www.nl.go.
  kr/kolisnet)에서 이용할 수 있습니다. (CIP제어번호:2020000115)